衛斯理系列 少年版 23

地圖

上

作者：衛斯理

文字整理：耿啟文

繪畫：鄺志德

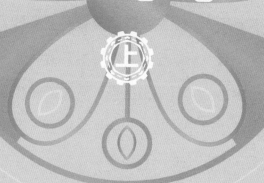

老少咸宜的新作

　　寫了幾十年的小說，從來沒想過讀者的年齡層，直到出版社提出可以有少年版，才猛然省起，讀者年齡不同，對文字的理解和接受能力，也有所不同，確然可以將少年作特定對象而寫作。然本人年邁力衰，且不是所長，就由出版社籌劃。經蘇惠良老總精心處理，少年版面世。讀畢，大是嘆服，豈止少年，直頭老少咸宜，舊文新生，妙不可言，樂為之序。

倪匡　2018.10.11　香港

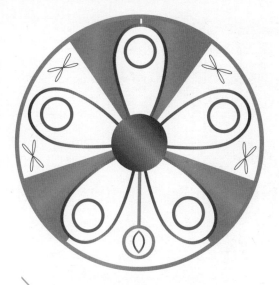

主要登場角色

樂生博士

阮耀

衛斯理

羅洛

唐月海

第一章

燒掉屋中一切

地圖上的各種顏色，都有它代表的意思。**藍色**表示河流、湖泊和海洋，藍色的深淺也代表水的深淺。綠色表示平原，**棕色**表示高原或山脈，棕色愈深，海拔愈高。地圖上的**白色**，則表示這一地區的情況未明，還有待地理學家、探險家去探索。

然而，地圖上的金色又代表什麼呢？

地圖上**不會有金色的**——有人會這樣説。

自然，普通的地圖上，是不會有金色的，但是，那一幅地圖上有。

我所指的「**那一幅 地圖**」，就是探險家羅洛的那一幅。

探險家羅洛離世了，他的喪禮顯得很冷清。

也難怪，羅洛是一個性格孤僻的怪人，又是個獨身主義者，根本沒有親人，只有幾個朋友。他的喪禮，也只有那幾個朋友參加。

羅洛**心臟病**猝發之際，恰好和一位朋友在一起，那位朋友叫樂生博士，也是一位偉大的探險家，曾經深入剛果腹地，也和新幾內亞的吃人部落打過交道，據說還探索過洪都拉斯叢林中的「象墳」。

羅洛病發時，幸虧和樂生博士在一起，所以才有人將他送進**醫院**。

羅洛進了醫院之後，好像知道自己快不行了，對樂生博士說了一句：「將我所有朋友找來。」

對普通人來說，這是很難辦得到的事情，但是對羅洛而言，卻**輕而易舉**，因為他的朋友，總共只有那麼幾個人。

　　樂生博士分別通知我們三個趕來，連同他一共四個人，在羅洛的病榻前，望着羅洛那蒼白的臉，我們都感到，**生命**正漸漸遠離羅洛。

　　羅洛一聲不響地望着我們，看來他已經不太能說話了，足足望了我們好幾分鐘，才吐出一句：「四位，我的**喪事**，要勞煩你們了。」

　　聽到老朋友講出這種話來，任何人都不免會感到難過。我先開口：「羅洛，先別說這種話，你會慢慢好起來的！」

　　這自然是言不由衷的安慰話，因為我早已看出羅洛快要**死**了。

而羅洛也老實不客氣地說：「衛斯理，你真虛偽⋯⋯我要死了，我自己知道，你也知道⋯⋯」

我只好苦笑道：「好了，你快死了，有什麼話，你說吧。

羅洛喘着氣說：「**我要火葬。**」

我們都點着頭，火葬並不是一件稀奇的事，但羅洛繼續喘着氣說：「我的所有東西，全部要燒成**灰燼**。我說所有的東西，是一切，我屋子裏的一切，全部替我燒掉！」

我們四個人驚訝地互望着，因為我們知道羅洛屋子中的東西，是多麼$有價值$。

　　近兩年來，他一直在屋子裏埋頭整理過去三十年探險所得的資料，一本劃時代的巨著，已經完成了五分之四，是對人類歷史文明極具價值的 **偉大傑作**！

　　當我們四個人面面相覷，不知如何是好之際，羅洛的聲音已變得十分淒厲，像是用生命最後一分氣力呼叫：「你們在 **猶豫** 什麼？照我的話去做，答應我！」

　　他不斷喘着氣：「這是我最後一個要求，**將我屋子中的一切全燒掉**，答應我！」

　　那時他臉上的神情可怕到了極點，好像我們不照着辦的話，他將會化為 **厲鬼** 來找我們算帳。

　　我們四個人只好齊聲道：「好，將你屋裏的一切，全都 **燒掉**。」

　　羅洛好像放下心頭大石一樣，長長地吁了一口氣，也是他生命中最後一口氣了。

　　羅洛的死，只不過是這件事的開始，而以後的發展，是當時在場的幾個人，誰也料不到的。

我先介紹一下這四個人。

（一）**樂生博士**——大探險家，五十歲，留着一撮山羊**鬍子**，身體粗壯如牛，學識淵博如海，是世界上幾家大學的高級顧問。

（二）**唐月海先生**——人類學家，四十九歲，瀟灑、隨和、愛好裝飾，看來像個花花公子，專門研究亞洲人在地球上的遷移過程，是這方面的權威。

（三）**阮耀先生** ——

收藏家，四十二歲，是一個

怪人，收藏一切東西，從玻

璃瓶到珠寶，從礦石標本到郵

票。他繼承了一筆豐盛的 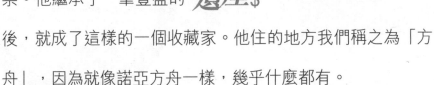

後，就成了這樣的一個收藏家。他住的地方我們稱之為「方

舟」，因為就像諾亞方舟一樣，幾乎什麼都有。

（四）我，**衛斯理**，不用多

介紹，對一切古怪事情都感興

趣，喜歡 **寫作** ，愛管閒

事。

　　看着羅洛的靈灰，裝在一

隻瓷瓶之中，瓷瓶又放進一個

精緻的盒子 🧊 裏，盒子埋進土中之後，我們四個人在石碑前站了好一會，樂生博士最先開口：「好了，我們該遵照羅洛的吩咐，去處理他的遺物了。」

「好吧。」我們都想盡快完成羅洛的「遺願」，於是一起離開**墳場** ⛪，登上了阮耀的車子。

羅洛住在郊外，是一幢很不錯的**平房** 🏠，花園全鋪上了水泥，變成一大片光禿禿的平地，看來實在不順眼，但對我們的焚燒工作倒有點幫助。

我們到了羅洛的家中，先用磚頭，在水泥地上圍成了一個 **大 圓 圈**，然後將椅子、桌子等易燃的東西先取出來，堆在那個圓圈的中心，生火燃燒。

我們先將無關緊要的東西往火堆裏拋，例如衣櫥、**牀**、廚房中的東西等等。

　　一小時之後，我們開始焚燒羅洛的藏書，整個書櫃搬出來，推進**火圈**之中，燒着了的書，發出「拍拍」的聲響，紙灰隨着火焰升向半空，隨風飛舞。

　　羅洛的藏書十分多，足足燒了**兩小時**，磚圈內積下了厚厚的灰燼，屋裏的一切，幾乎全燒完了，只剩下羅洛工作室中一張巨大的書桌，和另一個文件櫥。

　　我們都知道，在桌子和文件櫥中，全是羅洛三十年探險工作獲得的**原始資料**，和他那部**巨著**的原稿。樂生博士也是探險家，深知這一批遺物的價值，嘆一口氣說：「怎麼辦？」

　　我們**沉默**了好一會，阮耀提議道：「我們不要打開抽屜，不要想裏面有什麼，整張桌子抬出去燒掉。」

　　唐月海立時表示同意，我也點了點頭，樂生博士長嘆了一聲。

我們四個人合力將那張**大桌子**抬了出去，可是那張桌子實在太大了，比我們堆好的磚圈還要大得多，結果桌子把磚圈碰倒了一小半，燒紅的**炭**、灰，一起傾瀉下來，火舌立時舐着了桌子，不一會，整張桌子都燒起來了。

我們看了一會，又合力推出了那個**文件櫥**，仍然採取同樣的方法，根本不打開櫥門，直接把文件櫥推向燃燒着的桌子。

世事很微妙，只是一點點的差異，就引起了往後一連串**奇異**的事件。如果那時文件櫥的櫥面是朝下壓向火堆的話，那麼，就什麼事也不會發生了。

第二章

一幅探險地圖

在推倒文件櫥的時候，我們完全沒有考慮應該櫥面向下，還是櫥背向下。

當文件櫥「**轟**」的一聲倒下去時，我們才察覺到自己太大意了，那時候櫥面是向上的，櫥門因撞擊力而被震開，內裏有一大批紙張，被熱空氣捲起，飛了出來。

我們四個人連忙撿拾着飛出來的紙張，看也不看就搓

成 ⓝ紙 ⓣ團，拋進火中。

就在這時候，阮耀忽然問：「地圖上的金色，代表什

麼？」

樂生博士順口答道：「📍地圖 上**不會有金色的。**」

阮耀揚起手中抓着的一疊紙説：「你看，這地圖上有

一塊是 **金色** 的！」

我已經眼明手快，將文件櫥的門關上，而我們拾起的

那些紙，全都沒有看一 **眼** 👁，就拋進了火堆之中。只

有那份 📍地圖，偏偏落在這位收藏家阮耀的手中，他只是

無意中瞥了一眼，就察覺到地圖上 **不尋常** 的地方，提

了疑問。而我們也無可避免地留意到那幅地圖了。

那地圖摺成了好幾疊，在最上面，可以看到一小塊金

色，形狀像是一條蜷起身體的毛蟲，有細而工整的黑邊圍

着，這金色顯然是有人故意**塗上去**的。

唐月海皺着眉，「真古怪，誰在地圖上塗上金色？」

樂生博士指着那地圖說：「這是一張探險地圖，看，上面有着好幾個**危險記號**。」

危險記號是一個**骷髏頭和交叉的兩根人骨**，和毒藥的記號一樣。這樣的記號，在一般地圖上是看不到的，但在探險地圖卻很普通。

在探險地圖上的危險記號，有很多意義，可能表示這地方有一個泥沼，也可能是這地方聚居着一群**獵頭族人**，也有可能是雪崩、瘴氣、猛獸出沒之類的危險警示。

而在那地圖上，一小塊金色之旁，竟有着**七八個**危險記號之多！

唐月海很疑惑，「這是什麼地方的地圖，竟有那麼多的危險記號。」

「**給我來看看！**」我說。

阮耀將整幅地圖打了開來，攤在地上。

我拾了幾塊碎磚，將地圖的四角壓住。

那時天色已漸黑，但在**火光**之下，我們依然可以看清楚那地圖。

毫無疑問，樂生博士的說法是對的，那是一幅探險家用的地圖。地圖上有藍色、棕色、綠色，還有那一小塊金色。有藍色的線，表示河流；也有**圓圈**，相信是城鎮。可是整幅地圖一個文字也沒有，只註明

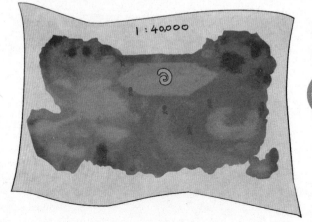

了比例尺是 **1:40,000**。

我也很疑惑，「這是什麼地方，羅洛為什麼不註上地名？」

「或許是為了保守 秘密 。」阮耀説。

樂生博士搖頭道：「我們別想那麼多了，將它也燒了吧！」

阮耀又將地圖摺了起來，我忍不住説：「等一等，這份地圖，我想留作紀念，這是羅洛 唯一 的遺物了。」

唐月海立時説：「讓羅洛永遠活在我們的 心中 吧，我不想違反他的遺言。」

阮耀卻支持我：「有什麼關係，只是一幅沒有文字，根本不知道有什麼用途的地圖而已，怕什麼？」

兩個贊成，一個反對，所以我們三個人一同望向 **樂生博士** 。

　　樂生博士一直在沉思，我連叫了他幾遍，他才回過神來說：「我在想，羅洛有這樣一張探險地圖，為什麼從來沒告訴我？」

　　唐月海打了一個呵欠，「那是很普通的事，不見得他每一件事都會講給你聽吧。」

　　樂生博士搖着頭：「一點也不普通，這是一張探險地圖，有着許多個危險記號，如果不是親身到過那些地方，是不會有這些記號加上去的，而且，我認出這些記號都是羅洛的筆迹。關於探險的事，他從來也不會瞞着我。」

　　我突然想到：「如果羅洛到過那地方，那麼，在他的記載中，一定可以找到答案！」

　　「對！」阮耀叫道。

我們四個人一起轉過身去，可是已經太遲了，文件櫥只剩下一小半，櫥中的紙張也早已變成了**灰**。

我苦笑着，搔了搔頭，「地圖上的金色到底代表什麼？」

樂生博士搖着頭，「地圖上根本就**不應該**出現金色的。」

阮耀説：「或許是一個金礦！」

唐月海說：「或者是一個 **寶藏**！」

我笑道：「你們都不是沒飯吃的人，怎麼那樣 **$財迷$ 心竅**？」

阮耀反駁道：「財迷心竅的是羅洛，居然發現了寶藏也不告訴我們。」

我覺得這地圖一定隱藏着什麼秘密，於是以最快的手法，將地圖搶了過來，放進了 **口袋** 之中，説：「我們答

應了羅洛的要求，可是他並沒有要求我們在一天之內把所有東西燒掉。我保證這幅地圖，一定會燒成灰燼的——**在若干時日之後！**」

阮耀「哈」地一聲說：「你是一個*滑頭*，和你做朋友，真的千萬要小心！」

我向其餘兩人望去，樂生博士皺着眉，唐月海問：「你要那幅地圖作什麼？」

我搖着頭，「不作什麼，只不過想弄清楚，那是什麼地方的地圖。」

樂生博士勸道：「你**無法**弄清楚那是什麼地方的地圖，它上面一個字也沒有，而世界是那麼大。」

「我有辦法的。」我**充滿自信地**説。

他們也沒有再説什麼，這幅地圖暫時就歸我管了。

第二天，我先將那幅地圖掃描成精細的**電腦圖檔**，然後到網絡上搜尋相近的圖像。我原本以為借助科技的力量，加上互聯網的大量數據，很容易就能查出地圖所代表的地方。可是搜尋結果只是一大堆不同地圖的圖像，沒有一幅是跟羅洛的地圖**完全吻合**。

我只好回歸原始的方法，將羅洛的地圖印在**透明膠片**上，製成了大大小小，十幾張不同比例尺的版本，然

後找來了許多冊詳盡的各國地圖，把相同比例尺的透明膠片蓋在地圖上，慢慢移動、對照，嘗試找出互相吻合的地形。

可是我足足花了五天時間，**從早☀到晚🌙** 伏案工作，把所有地圖都對照過了，仍然找不到那個地方！

第三章

暗藏的秘密

我弄來的各國詳細地圖，足有七八十本，包羅全世界所有的地方，連**南太平洋諸小島**也有，可就是找不到羅洛那幅地圖是什麼地方。

我打了一通電話給樂生博士：「博士，你還記得羅洛的那幅地圖？我找不到那是什麼地方。」

樂生博士說：「我早已說過了，你沒有法子知道那是什麼地方的。」

我有點 **不服氣**，「或許你想不到我用的是什麼方法，等我告訴你！」

我把我的方法告訴了他，他認同道：「你的辦法 *很聰明*，理應可以找到答案的，除非，你用來作對照的地圖，漏了什麼地方。」

我肯定地說：「不，世界各國的地圖，我全都弄來了！」

「可能你找來的地圖不夠詳盡，這樣吧，我替你聯繫 **地理博物院**，他們藏有全世界最詳盡的地圖，你可以借他們的地方工作。」

我嘆了一口氣，「好的，我再去試試。」

第二天，我拿着樂生博士給我的 **介紹信**，去見地理博物院的負責人。走進博物院收藏世界各地詳盡地圖的 **專室** 後，我才知道，我借來的那七八十本地圖，實在

算不了什麼。

博物院裏的地圖又多又詳細，以**中國** 地圖為例，就詳細到「縣圖」，單是中國地圖部分，就已經有數千幅之多了。

如果靠我人手去比對，不知要工作到何年何月才比對完，於是我向博物院查問，這些地圖是否有電子檔案，如果沒有，是否可以容許我替博物院將它們*掃描*成電子檔案。

出於各種原因，已有電子版，或容許我掃描的地圖，大概佔了**一半**左右；另外的一半，就只能靠人手去比對了。

我僱用了一些**助手**來幫忙，替我掃描地圖，用電腦程式來進行比對。至於人手比對的工作，還是由我親自出馬，他們從旁協助。

我在地理博物院的地圖收藏室中，昏天黑地工作了足足 **一個月**，把所有的地圖都對照完了，可是一樣沒有結果。

一個寒冷的晚上，在阮耀的家裏，我們四個人又作了一次 **聚會**。

阮耀的家，佔地足有二十英畝，客廳大得出奇，但我們不喜歡那個大客廳，通常都在較小的 **起居室** 把酒談天。

天很冷，起居室中生着 **壁爐** ，我們喝着香醇的酒，儘管外面寒風呼號，室內卻是溫暖如春。

我們先談了一些別的，然後我拿出羅洛的那幅地圖，攤開來説：「各位，我承認失敗，我想，世界上只有羅洛一個人知道這地圖是什麼地方，而他已經死了。」

阮耀竟然用質疑的 **眼神**  望着我，「衛斯理，是不是你已經找到了那是什麼地方，也知道那一塊金色是什麼意思，卻不肯告訴我們？」

當阮耀那樣說的時候，唐月海和樂生博士也同樣用 **懷疑** 的眼光望着我。

我不禁苦笑道：「或許是我用狡辯違背了對羅洛的承諾，所以得到**報應**，現在連幾個最好的朋友都不相信我了。」

阮耀最先笑了起來，「算了！」

我 **嘆** 了一口氣，「當然只好算了，不管羅洛畫的是什麼地方，也不管他畫這地圖的目的是什麼，我都不會再理這件事了，將它燒了吧！」

我一面說，一面將那幅地圖拋進壁爐，地圖立即着火**燃燒**起來。

而在那一刹間，我們四個人不約而同，一起 **叫** 了起來！

因為我們全都看到，在地圖被火烘到焦黃，但還未燒着之前，那不到 *十分之一秒* 的時間內，比例尺「1:40,000」

的數字上，竟然明顯地出現了一條劃線，把最後兩個「0」劃去。

那條劃線顯然是用 隱形墨水 寫的，一經火烘就會現形，兩個「0」被劃去，那表示，這幅地圖的真正比例，其實是 **1:400**！

1:400的地圖，和1:40,000的地圖，相差實在太遠了，後者的一片藍色，就算不是海，也一定是個大湖泊。但是在前者，那可能只是一個小小的 池塘！

「原來羅洛玩了花樣！」阮耀第一個叫了起來。

唐月海驚叫道：「地圖已經燒掉了！」

樂生博士站了起來，「衛斯理，你已經把地圖掃描成電子檔案，而且那些透明膠片也全在，**是不是？**」

　　我點了點頭，他們三個人一同望着我，好像突然對那幅地圖產生了濃厚的興趣。

　　樂生博士繼續說：「你將比例弄錯了**一百倍**，怪不得對照工作沒有成果。現在，只要把那些透明膠片縮小一百倍，重新在所有世界地圖上詳細對照，就一定可以找出那是什麼地方。」

　　他們依然一同望着我，而且**眼神** 👁 有點狡獪，顯然想把這項艱巨的工作推到我身上來。但我一想到過去一個月，那種令人頭昏腦脹的對照工作，實在可怕，所以我說：「好的，但我的眼睛需要 **休息**，我把電子檔案和透明膠片全交給你們，你們想怎麼辦就怎麼辦。」

　　他們料不到我會這麼說，呆了一呆，然後阮耀神氣地說：「這有何難？我們三個人輪流主持，再請上十個助手，很快就找到 答案 。」

　　我馬上點着頭，順水推舟：「嗯，加油！等你們的好消息！」

　　第二天，我就把電子檔案和所有透明膠片給了阮耀。他依然一副 **胸有成竹** 的模樣，我也沒有說什麼，就讓他們試着辦好了。

他們三個人，真的僱了十個助手，每天不停地工作着，足足又工作了兩個月。

那時候，天氣早就暖了，我已經開始*游泳*，有一天，他們三人來我家，我已經兩個月沒見他們了，一看到他們蒼白的面色和沮喪的神情，我就知道他們的努力沒有 **成果**。

其實這早在我意料之內，我輪流拍着他們的肩頭說：「找不到也是正常的，那是1:400的地圖，金色的地方只不過兩個指甲大。如果是1:40,000的地圖，那樣的一塊，代表了 **一大片土地**，但是在1:400的地圖上，那不過是一口井的大小而已。還有，地圖上的圓點，以前我們以為是市鎮，但是現在，那可能只是一棵樹，或者一間 **小茅屋**。」

這時樂生博士說：「我們已經找來不少詳細地圖，其詳細程度是連一口  井 、一棵樹也畫上去的，可是依然無法對照出羅洛所畫的是什麼地方。」

我不禁笑道：「這樣的地圖，你們花十年、二十年也對照不完。別忘記，這是1:400的地圖，羅洛整幅地圖不過兩呎長，一呎多寬，也就是說，整幅地圖所顯示的土地，不過八百呎長，六百呎寬，只是**五萬平方呎左右**的地方。

阮耀家裏的花園，就差不多五萬平方呎。你們打算把全世界裏，每個五萬平方呎的地方，都對照一遍嗎？那根本是**大海撈針**。」

我這麼說，既是安慰他們，也是對他們當頭棒喝，勸他們別再執迷下去。沒想到阮耀卻突然像發了瘋一樣，高叫了一聲，瞪大了雙眼。

我**緊張**地問：「你幹什麼？」

阮耀說：「你說得對，花園，**我的花園**！」

樂生博士皺着眉，「你的花園怎麼了？」

阮耀又怪叫了一聲，「我的花園，羅洛所繪

的地圖，**正是我的花園**！」

第四章

大玩笑

　　阮耀竟然說羅洛所繪的地圖，正是他的花園。唐月海禁不住笑道：「我看你，為了那幅地圖，有點**發神經**了！」

　　阮耀拿出手機，打開那幅地圖的 **圖像檔案** 來看，指着說：「你們看，這是 **荷花池** ，這是一條引水道，這是一個魚池。這個圓點是那株大影樹，那個圓點是一株九里香，這個六角形，是一張**石桌**。」

　　阮耀說得活龍活現，可是我們三人卻仍然不相信他。

　　樂生博士問：「那麼，那塊**金色**呢，是什麼？」

唐月海亦問：「還有那麼多危險記號，代表什麼？難道在你的花園裏，埋着**地雷陣**？」

阮耀一時間回答不了，氣惱得漲紅了臉。

我笑道：「這根本不必，阮耀的家又不遠，我們一起去看看就知道了。」

阮耀大聲叫好，急不及待就把我們三人推出門去。

我駕着車，前往阮耀的大宅，他沿途不斷催促我**加速**。

十分鐘後，車子駛到一扇 **大鐵門** 前，那大鐵門上，有一個用紫銅鑄成的巨大「阮」字。

別以為進了那扇門，就是阮耀的家了。一個看門人一見有車來，立時推開了門，在門內，仍有一條 *長長的路*，那條路，自然也是阮耀私人的產業。

阮耀究竟有多少財產，別説旁人難以估計，根本連他自己也不十分清楚，單説這片土地的價值，就已經是一個 **天 文 數 字** 了。

車子一直駛到主要建築物前停下來，我問阮耀：「要不要直接駛到那花園去？」

阮耀説：「不必，我帶你們上樓，那裏看得更清楚！」

　　我們經過了大廳，又經過了一條走廊，然後 升降機 將我們帶到四樓。

　　我們走進了一間極大的「魚室」，那是阮耀有段時期沉迷熱帶魚，專門弄來養 **熱帶魚** 的。

　　那間「魚室」簡直是一個大型的水族館，現在仍然養着不少**稀奇古怪的魚**，雖然阮耀已經不再那麼狂熱了，但那些魚仍然有專人照料。

　　他把我們直帶到一列落地長窗前站定，大聲說：「**你們自己看吧！**」

　　從那一列 **落地長窗** 看下去，可以看到花園，大約有四五萬平方呎大小，最左端是一個很大的荷花池，池中心有一個**大噴泉**。然後，是從大池中引水出來的許多人工小溪，每一個小溪的盡頭，都有另一個較小的，**白瓷磚** 砌成的魚池，有不少金魚在池中游來游去。

　　我當時一看就呆住了，我對於羅洛的那幅地圖，實在是再熟悉也沒有，從四樓居高臨下望去，那些大小水池、**假山** ⛰️、石桌、石椅，幾棵主要的大樹，幾列整齊的灌木，全都和那幅地圖上所繪的各種記號**一模一樣**。

　　地圖上被塗上金色的地方，是一個**六角形**的**石基**。

　　這時，樂生博士也指着那個石基叫道：「看，地圖上的金色就在那裏，那是什麼建築？」

　　唐月海接着説：「好像是一座**亭子** 🏛️，被拆掉了！」

　　阮耀點頭道：「沒錯，那裏本來是一座亭子，後來我嫌它從上面看下去的時候，阻礙我的視線，所以將它拆掉了。」

我心裏滿是 ?疑團?，「羅洛將那個位置塗上金色，而且還把周圍幾處地方標示了危險記號，到底是什麼意思？」

阮耀冷笑了一下，「嘿，我看根本什麼意思也沒有。你們看，我僱的人開始餵魚了！」

果然，有一個人，提着一包 魚糧 來餵魚。我們都看到，那個人走上亭基，又走了下來，在羅洛的地圖上畫有危險記號的地方至少經過六七處，可是他卻什麼事也沒有。

阮耀忽然吁了一口氣，坐在那列長窗前的一排椅子上，「我看，這是羅洛的一個玩笑！」

唐月海也坐了下來，點頭道：「是的，我們全上他的當了，他在和我們開玩笑！」

我轉過身來，望着樂生博士，「博士，你認識羅洛，比我更深，你想一想，他的**一生之中**，和誰開過玩笑？他一生之中，什麼時候做過這一類的事情？」

樂生博士張大了口許久，才說：「**沒有。**」

阮耀搔着頭，「真奇怪，他到底為什麼要畫這幅地圖，而且還畫得相當精細，是什麼時候畫成的？」

「我們在這裏 **空想** 也沒有用，為什麼不到下面去看看？」唐月海提議道。

「對，下去看看。各位，我們到花園去，那是一位偉大探險家所繪製的 **神秘探險地圖** 所在之處，千萬要小心！」阮耀說。

我們不禁笑了出來，聽阮耀的語氣，好像我們要去的地方，是亞馬遜河的發源地，或者是利馬高原上從來沒人到過的 **原始森林** 一樣。但事實上，我們要去的地方，只不過是他家裏的花園！

阮耀帶頭，我們一起穿過了魚室，下了樓，**不到兩分鐘**，就已經踏在羅洛那幅地圖所繪的土地上了。

　　我們走到那座被拆除了亭子的石基上，面面相覷，頓時覺得自己像個瘋子，居然在阮耀的花園裏「探險」，禁不住都笑了起來，紛紛走下**石基**。

　　阮耀嘆了一聲，「看來，真是羅洛開了個大玩笑！」

　　剛才下樓的時候，阮耀已經命人把那幅地圖的打印本拿過來。我們看着地圖，可以看到，在亭基的附近，有着七八個表示危險的**記號**。

　　這時唐月海正在隨意踱步，瀏覽着花園，剛好踏在草地上用石板鋪出的路的其中一塊石板之上。

　　我看到了，立時叫道：「唐月海，根據地圖所示，**你踏着的地方**，正好標示了一個危險記號！」

　　樂生博士隨即笑道：「照一般情形來説，你現在站着的地方，應該是一個浮沙潭，或者是一群**吃人蟻**的聚居地。」

　　阮耀説得更誇張：「也可能是一個獵頭部落的村落，是一個 **活火山口**！」

　　唐月海一臉沒好氣，「你們別胡説八道了，現在我站在這裏，一點事也沒有。那危險記號果然是個 **惡作劇**！」

　　我也忍不住來湊熱鬧，開玩笑道：「你不是站在一塊石板上面麼？或許，在那石板之下，可能有着什麼 **可怕** 的東西！」

第五章

性情大變

唐月海聽了我們開玩笑的話，也不示弱，立刻笑道：「好，那我就掀起 石板 ，看看下面是不是埋着一枚炸彈！」

他這個玩笑開得還真大，俯下身來，雙手 扳住了那石板的邊緣，用盡全力，真的要把石板揭開來。

「喂喂，你認真的嗎？」身為屋主的阮耀有點愕然。

唐月海的臉漲得很紅，看來那塊石板 **很重** ，他一時間抬不起來。

大家本來只是開玩笑，沒想到唐月海卻非常認真，用力地掀着石板。

阮耀看到了這個情形，上前説：「好了，我來幫你！」

可是，唐月海卻**粗暴**地喝道：「走開！」

唐月海突如其來的一喝，令我們三人都怔住了。

唐月海是一個典型的**中國** 🇨🇳 **知識分子**，恂恂儒雅，性格隨和，對人從來也不疾言厲色，可是這時，他卻發出了那樣粗暴的一喝，實在是一件十分**失常**的事。

我們三個人全望着他。唐月海繼續漲紅着臉，使出**九牛二虎之力**，身子向上一振，那塊石板終於被他揭了起來，翻倒在草地上。

唐月海站了起來，拍掉手上的**泥土**，我們一起向石板下看去。

其實，那真是多餘的事，石板下還會有什麼？除了泥土、草根，和一條突然失了庇護之所，正在急促扭動着身體的**蚯蚓**之外，根本什麼也沒有！

唐月海仍然喘着氣，失望地「啊」了一聲，「**什麼也沒有！**」

我們四個人，都一起笑了起來，阮耀説：「算了，羅洛一定是在開玩笑！」

我本來並不同意「**開玩笑**」這個説法，因為羅洛不是一個喜歡開玩笑的人，而且他臨死前囑咐我們把他的所有東西燒掉，生前亦沒有把地圖的事告訴我們任何一人，證明他根本沒有打算要拿這幅地圖去**作弄**誰。不過，如今羅洛已經死了，要知道他為什麼繪製一幅這樣的地圖，已經是不可能的事。

況且，我們已經揭開了一塊石板，證明地圖上的危險記號沒有意義。那麼，地圖上的金色，自然也不會有什麼意思。

這件事，也該**到此為止**了。

　　我用腳翻起了那塊石板，使它鋪回原來的地方，說：「不管他是不是在開玩笑，這件事，實在沒有再研究下去的必要了！」

　　我們幾個人離開了花園，那時候 **天色也黑了**，唐月海除了在揭開那塊石板時，情緒變得粗暴之外，也沒有什麼異樣，我們一起用了晚飯後就分手離去。

　　我回到家中，白素早在一個月前出門旅行，至今未歸，所以家中顯得很冷清，我聽了一會 **音樂**♪，就坐着看電視。

　　我雖然望着電視機，可是心中仍然在想：為什麼羅洛要繪製這幅地圖？那花園沒有任何異常之處，可是像羅洛這樣的人，最好一天有四十八小時，他是絕對沒有空閒，去做一件 毫無意義 的事的。

我反覆地思索，時間也過得特別快，電視畫面上打出來的時間，已經將近**十二點** 了！

我打了一個呵欠，準備關上電視機時，新聞報道員正讀出一段新聞，她口中的一個名字突然吸引了我。

那名字是：**唐月海教授**。

家，他的離世，是教育界的一項巨大損失

前半截的報道，我並沒有留心，只聽到了下半截，那報道員說：「唐教授是國際著名的人類學家，他的離世，是教育界的一項**巨大**$**損失**$。」

聽到這則新聞，當時我覺得實在是太荒謬了，兩個小時前，我才和他分手，他怎麼會突然「離世」？

可是螢光幕上，打出了一張照片來，確實是唐月海的 照片 ，我不禁大聲道：「喂，開什麼玩笑！」

照片消失，報道員繼續報告另一宗新聞，就在這時候，電話鈴聲突然響起，我一接聽，就聽到阮耀的聲音在大聲說：「喂，怎麼一回事，我聽到收音機報道，*說唐月海死了*？」

我連忙問：「我也是剛看到電視的報道，但我只聽到一半，電台怎麼説？」

「電台説，剛接到消息，著名的人類學家，唐月海教授**逝世**！」

我不由自主地搖着頭，「不會的，我想一定是弄錯了。喂，你等一等，剛好有電話接進來，我看看是不是樂生博士。」

阮耀説：「**好的。**」

我將電話接到另一邊，隨即傳來一把青年的聲音：「請問是衛斯理先生嗎？」

「我是。你是——」

那青年抽噎了幾下，才説：「我是 **唐明**，我爸爸死了！」

　　唐月海中年喪偶，有一個孩子，已經念大學一年級，我是見過幾次的，這時，聽到他那麼說，我呆住了，「怎麼一回事？我和你爸爸在**九點半** 🕐 才分手，他是怎麼死的？」

　　唐明的聲音很 **悲哀**：「現在我不知如何是好，我還在醫院，你能不能來？」

　　我呆了好一會，說不出聲來，直到唐明又叫了我幾下，我才說：「是，我一定來，哪間醫院？」

　　唐明將醫院的名字告訴我，又說了一句：「我還要 **通知** 幾位叔叔伯伯。」

我說：「嗯，阮耀就在電話的另一邊，我來告訴他。」

我掛掉唐明的電話，把醫院名字告訴了阮耀，然後就立刻趕去。

那時我的思緒很混亂，不宜駕駛，所以截了 **計程車**。

在醫院門口下車時，看到另一輛計程車駛至，一個人匆匆走了出來，正是樂生博士。

我連忙叫道：「**博士**！」

樂生博士抬起頭來看我，神色慘白，我們一言不發，匆匆走進 **醫院**。只見大堂已有不少記者，其中有認得樂生博士的，連忙迎了上去，但是樂生博士一言不發，只是向前走。

我和樂生博士來到了 **太平間** 的門口，走廊中傳來一陣急促的腳步聲，我轉過頭去，只見阮耀也氣急敗壞地奔了過來。

一個身形很高很瘦的年輕人，在太平間外的椅子上，站了起來自我介紹：「我是唐明。」

他的雙眼很紅，我問：「令尊的遺體呢？」

唐明向太平間的門指了一**指**，我先深深地吸了一口氣，然後才和樂生博士、阮耀一起走了進去，唐明就跟在我們的後面。

唐月海是我們的**好朋友**，他死去，使我們感到深切的悲哀。而他的死亡又來得如此突然，更令我們感到驚訝和迷惘。

太平間的氣氛極其**陰森**，我們進去後，略停了一停。唐明原本是跟在我們後面的，這時他越過我們，來到了**水泥台**，他父親的屍體之前。

我們慢慢地走向前去，那幾步距離，對我們來說，就像是好幾里路遙遠，我們的腳步異常沉重，這是**生和死**

之間的距離，實在太遙遠，太不可測了。

　　唐明等我們全都站在水泥台前時，才緩緩揭開了蓋在唐月海身上的白布，使我們可以看到唐月海的臉容。

　　當我們看到了唐月海的臉時，都嚇了一大跳。

　　死人的臉，當然不會好看到什麼地方去，而唐月海這時的臉，尤其難看，他的口張得很大，**眼睛** 👁 也瞪着，已經沒有了光采的眼珠，彷彿還在凝視着什麼，這是一個充滿了驚恐的神情，他分明是在 **極度恐懼中** 死去的。

第六章

危險記號
全是真的

太平間那種異樣的 **藥水** 氣味，使我有作嘔的感覺，我想說幾句話，可是卻一點聲音也發不出來。

唐明緩緩轉過頭，向我們望了一眼，然後放下了**白布**。

我們不約而同地嘆了一口氣，樂生博士**掙扎**着講出了一句話，安慰唐明：「別難過，年輕人，別難過！」

唐明也嘆了一口氣，「我自然難過，但我更**奇怪**，父親怎麼會突然死的？」

我們三人互望着，自然無法回答唐明這個問題，而事實上，這個疑問我們也正想問他。

「不論怎樣，這裏總不是講話的好地方。」我說。

大家點頭同意，一起走出了 **太平間**，唐明隨即被醫院的職員叫了去，辦很多手續。

直到在 **殯儀館** 裏，化妝師開始為唐月海的遺體化妝，我們才有機會靜下來講話。

那時 **訃聞** 還未發出去，當然不會有弔客來。我首先開口問：「唐明，你父親回家之後，做過了一些什麼事？」

唐明抬頭向我望了一眼，然後又低下頭去，「我不知道，他回來的時候，我在房間裏看 **書**，我聽到他開門走進來的聲音，我叫了他一聲，他答應了一下，就走進自己的房間。」

「那時，他可有什麼異樣？」

唐明搖着頭，「沒有，或者看不出來。他在我房門前經過，我看到他的側面，**沒有任何異樣**，就像平常一樣。然後，大約是在大半小時之後，我忽然聽到他在房間裏尖叫了一聲。我立時走到他的房間，問他發生什麼事，他卻說沒事，叫我不用理他。」

「你沒有推開**房門**去看一看？」我問。

「當然有，他那下叫聲實在太驚人了，所以我還是*打開門*，看看究竟有什麼事發生。」

阮耀和樂生博士異口同聲地問：「那麼，究竟發生了什麼事？」

唐明搖着頭，「沒有，沒有什麼事發生，房裏只有他一個人，他的神情看起來是有點異樣，**臉很紅**。」

「是恐懼造成的臉紅？」我問。

「並不似恐懼，倒像是**極度的興奮**。」

我、阮耀和樂生博士，互相望了一眼，都沒有出聲。

唐明繼續説：「我當時問：『爸爸，你真的沒有什麼事？』他顯得很不耐煩，揮着手説：『沒有事。出去，別管我！』我於是回到自己的房間去，怎料沒多久，又聽到了他發出**第二下**〉**呼叫**〈**聲**。」

唐明講到這裏，呼吸漸漸急促起來，「我立時衝了出去，也沒有敲門，就去推門，可是門卻拴着，我大聲叫着他，房間裏一點反應也沒有，我就大力撞門，當我將門撞開時，發現他已經倒在地上了！」

「**已經死了？**」我失聲道。

「還沒有。」唐明説：「我連忙將他扶了起來，那時他還沒有死，只是急促地喘着氣，講了幾句話之後才死去的。」

我們三個人都不出聲，唐明望着我們，神情很嚴肅，他緩緩地説：「他臨死之前所講的幾句話，**是和三位有關的。**」

我們三人又互望了一眼，阮耀心急道：「他究竟説了些什麼？」

唐明皺起眉來，「他説的話，我不是很明白。他叫着我的名字説：『你千萬要記得，告訴樂生博士、衛斯理和阮耀，那些危險記號，**全是真的，千萬別再去冒險！**』」

唐明講出這番話時，其他兩人有什麼感覺，我不知道，而我自己卻感到一股涼意從頭到腳直瀉而下，背脊上冷汗直冒，**雙手也緊緊握住了拳**。

「他講完那幾句話就死了。三位，他臨死前的那幾句話，究竟是什麼意思？」

我們一時間也不懂如何反應。唐月海提及的「那些危險記號」，自然是指羅洛那張地圖上所標示的 **危險記號**。

在探險地圖上，這種危險記號表示極度的危險，可以使探險者 **喪命**！

唐月海説的，就是那些記號！

他曾經在其中一個危險記號的位置，揭起一塊 **石板**，當時什麼事也沒有發生，我們自然也不把那些危險記號放在心上。

但是沒想到，**晚上** 唐月海突然死了，而且在臨死之前，説了那樣的話，説危險記號是真的，叫我們千萬不要再去冒險。那麼，唐月海的死，就是因為他在危險記號

的位置，揭起了草地上的一塊石板嗎？這實在是太**匪夷所思**了。

　　唐明望着我們，問：「我父親做了些什麼事？他曾到一個很危險的地方去探險？」

　　雖然**不肯定**地圖的事與唐月海的死有關，但唐明始終**失去了**父親，而唐月海的遺言又提及到這件事，所以我覺得唐明有權知道整件事的經過。

　　我向阮耀和樂生博士**望了**一眼，他們也微微點頭，不反對我說出來。於是我就從羅洛的死說起，一直說到唐月海在地圖上有危險記號的地方，揭了一塊石板。

　　唐明一直用心聽着，當我講完之後，他神情有點**激動**，雙手緊握着拳，「三位，你們明知這是一件有危險的事，**為什麼不制止他？**」

我解釋道：「唐明，地圖上雖然有着危險記號，但事實上，我們都看不出有什麼危險來。唐教授也覺得**毫無危險**。所以才會那麼做的。」

唐明的臉漲得很紅，「如果沒有危險，為什麼羅洛要鄭重其事地在地圖上畫下危險記號？我父親的死，**是你們的疏忽**。」

唐明這樣指責我們，我和樂生博士都皺起了眉頭，覺得很難堪，但我們沒有說什麼，然而，阮耀卻沉不住氣了。

阮耀說：「我不知道羅洛為什麼要畫這張 **地圖**，也不知道他根據什麼畫下了危險記號。我只知道，我的花園決不會有什麼危險，能**使人致命**！」

唐明卻毫不客氣地反駁：「事實是，我父親死了。」

我連忙打圓場，「好了，別爭了，唐教授的死因，我相信 方面，一定已經有了結論。」

唐明嘆了一口氣，「是的，醫生說，他是死於 **心臟病猝發**。許多不明原因的死亡，醫生都是那麼說的，但事實是，我父親根本從來沒有心臟病！」

我也嘆了一聲，「或許令尊的死亡 **確有 ? 可疑 ?**，但是我們能相信，他是因為翻起了那塊石板而致死的嗎？」

大家都沒有出聲，我繼續説：「那 地圖 上，註有危險記號的地方有七八處，我也可以去試一下，看看我是不是會死。」

阮耀聽了我的話，也負氣道：「我去試，事情發生在我的花園裏，如果有什麼人應該負責的話，那就是我！」

在阮耀講了這幾句話之後，氣氛變得**很僵硬**，過了幾分鐘，唐明才緩緩地説：「不必了，我父親臨死時，叫你們千萬不要再去冒險。我想，他的話一定是有道理的，這其中，一定有着什麼我們不知道的 神秘因素 ，會促使人突然死亡，那情形就像——」

我不等他講完，就接上去：「你想説，就像埃及的 **古金字塔** ，進入的人，會神秘地死亡一樣？」

第七章

實驗

　　阮耀真是個躁脾氣的人，立時站了起來說：「我不怕，**我現在就去！**」

　　我一把將他拉住，「就算你要試，也不必急在一時！」

　　他坐了下來，我們都不再出聲，**瞌睡**片刻 zz，直到天亮。

　　唐月海是學術界極有名的人物，弔客絡繹而來，唐明和我們都忙着，一直到當天晚上，我們都 **疲憊不堪**，唐月海的靈柩也下葬了，我們在歸途中，阮耀才說：「怎麼樣，到我家中去？」

　　我知道他想幹什麼，我也覺得，唐月海的死，和阮耀的花園，不應該有什麼直接的關係，唐月海的死因既然是「心臟病猝發」，那麼，他臨死前說的話，可能只是下意識的胡言亂語而已。

　　我亦知道，就算我們不去，阮耀回家後也一定會去「涉險」的。雖然他發生危險的可能性極低，但如果再有不幸事件發生的話，只怕我和樂生博士都會承受不了。所以，我和樂生博士互望了一眼，便一起點頭道：「好。」

　　阮耀驅車直駛回家，一下車，就走到花園去，幾個僕人迎了上來，阮耀揮着手吩咐：「亮着所有的燈！」

　　幾個僕人應命而去，沒多久，所有的燈都亮着了，水銀燈將這花園照得十分明亮，阮耀用手機打開那地圖檔案，一面看，　面向前走出了十來步，停了下來。

我和樂生博士一直跟在他的後面，他站定之後，**揮着**

手 說：「你們看，我現在站着的地方，就有一個危

險記號，是不是？」

　　我和樂生博士都用**手機** 檢視那幅地圖，阮耀這

時站立之處，離那個亭基約有十餘碼，在那地方的左邊，是一株九里香，不錯，在羅洛的地圖上，阮耀所站之處，的確有一個 **危險記號**。

我和樂生博士都點了點頭，阮耀低頭向下看，「哈，唐明這小伙子也應該來，現在你們看到了，我站着的地方，除了草之外，什麼也沒有！」

的確，他所站的地方，除了柔軟的 *青草* 之外，什麼也沒有。

阮耀又激動地大聲叫道：「拿一柄鏟來！快！快點！」

一個僕人應聲去拿，而阮耀已捲起了衣袖，準備掘地了。

這時候，我察覺到阮耀的**情緒變化**，他雖然是一個脾氣暴躁的人，但大多數時候也是玩世不恭，很少會這麼激動和認真的。

我心裏突然震動了一下，因為我想起來了，他的狀況，就像唐月海要掀起那塊石板時，對我們**暴喝**的情形一樣。唐月海平時是一個冷靜的書生，但當時他卻不聽勸，激動得一定要將那塊石板揭起來，這正是阮耀現在的情形！

這時僕人已拿着一**柄鐵鏟**，來到了阮耀的身邊，阮耀一手接過了那柄鐵鏟，同時粗暴地推開了那僕人。

他二話不說，拿着鐵鏟就拚命地往地下掘，我感到不對勁，大叫了一聲：「慢！」

我一面叫，一面飛起一腳，「噹」的一聲把那鐵鏟踢開，阮耀也向後退出了一步。

他呆了一呆，「你幹什麼？」

我説：「阮耀，你剛才的情緒很激動，和你平時不同，而且舉止粗暴，就像唐月海要揭開那塊石板時**一模一樣**。」

阮耀又呆了片刻，有點迷惘，「有嗎？怎麼可能？」

樂生博士説：「或許，人站在地圖上有危險記號的**地方**，就會變得不同。」

他一面説，一面走到阮耀剛才掘地的位置，站在那裏。

我看到他皺着眉，突然發出了一下悶哼聲，低頭望着腳下的草地，我 **疑惑** 地問：「有什麼異樣？」

樂生博士不回答，我有點 **擔心**，連忙把他推開，再問：「發生什麼事？為什麼不説話？」

樂生博士吸了一口氣，「**很 難說**，你自己在這上面站站看。」

我也吸了一口氣，站了上去。一開始並不感到有什麼特別，可是很快就有一種 **焦躁** 的感覺，心中起了一股強烈的衝動，要往下去，像是有一種 **無形的力量**，把我的思緒抓住，不能自拔。

樂生博士察覺到不對勁，驚恐地叫着：「快走開！」

他伸手來推我，可是我卻將他用力 **推了開去**，令他跌了一跤。

　　緊接着，有一個人向我 **重重地** 撞了過來，把我撞得跌出了一步，那人正是阮耀。

　　等到我們三個人全都站定之後，我們 **互望** 着，心中都有一股說不出來的 **奇異** 之感。阮耀抓着頭說：「這是怎麼一回事？我們三個人，都在這上面站過，這裏看來

和別的地方沒有絲毫分別，但是在羅洛的地圖上，卻畫了危險記號。而我們三個人，都在站上去之後，心中起了一股 *衝動*，要掘下去看看，是不是？」

　　阮耀並不是一個有條理的人，但這刻所講的話卻十分有條理，我和樂生博士點着頭。

　　沒想到阮耀的結論是：「**那麼我們還等什麼？**為什麼不向下掘，看看地下究竟有着什麼，竟能夠使站在上面的人，有這樣的想法！」

　　我苦笑了一下，「阮耀，我們都知道為什麼不要向下掘。」

　　「因為唐月海的死？」阮耀問。

　　我和樂生博士**點點頭**。

阮耀卻極力説服我們：「怕什麼？你們想想，羅洛地圖上的危險記號有七八個之多，而且都在很平常的位置，我和家裏的僕人，日常隨便走走也會踏中那些地方，如果真有危險的話，我屋子裏的人早就 死光了 ！」

他的話，樂生博士只能同意一半：「對，光是踏過那些地方，是不會有什麼危險的。而站上一會，就會產生一股掘下去的 *衝動*。但不要忘記，唐月海是揭起了那塊石板之後，便出事了。」

「唐月海是 心臟病 死的。」阮耀堅決認為唐月海的死與他的花園無關。

「但是他在臨死之前，給了我們最切實的 忠告。」樂生博士說。

「那是他臨死之前的胡言亂語，不足信。」阮耀有點固執。

雖然我也認同阮耀的 觀點，可是樂生博士的擔憂亦有情有理，畢竟天下間有太多各種奇異怪事了，這方面我最清楚，事情還未弄明白之前，沒必要拿性命**去冒險**。

所以我勸道：「算了，我看，就算我們掘下去，也不會找到什麼，就像唐月海掀開了那塊石板一樣，什麼也沒有發現。」

但阮耀還是 **很固執**，「既然不會發現什麼，那掘掘看又何妨？至少可以證明我家花園沒有埋藏什麼取人性命的東西。」

　　我正想着該怎麼勸他的時候，樂生博士忽然慌張地指着阮耀剛才掘地的位置，驚叫着：「**不**……不要……」

　　「怎麼了？難道有 **怪獸** 爬上來吃人嗎？」阮耀轉身去看。

　　我也看過去，原來是阮耀家裏的 **牧羊狗** ，正在那個位置掘洞！

第八章

「*阿羊！不要挖！*」我大聲吆喝。「阿羊」是那牧羊狗的名字，我和樂生博士都認得牠。

雖然阮耀不相信在那位置掘地會有什麼**危險**，但一看到阿羊在那裏挖地，他還是出於本能反應喝止：「阿羊，不要挖！」

但阿羊不聽，掘得十分起勁，一面掘着，一面還發出呼叫聲，*泥塊*不斷飛出來，濺到我們的腳上。

　　我從來也沒見過一頭狗，對於在泥地上掘洞有這樣大的興趣，好像地下埋藏了一個有一千根 骨頭的寶藏一樣。這時我不禁想，這頭狗，是不是也和我們一樣，當站在那畫有危險記號的土地上時，也會產生那種突如其來，要往下探索的衝動？

　　我和樂生博士一直在喝止阿羊，很替牠擔心。但見牠不斷地挖着，愈挖愈深，挖出了一個直徑有一呎，深約

一呎半的圓洞時，阮耀不但不擔心，還高興地笑起來，大讚道：「阿羊，做得好！真是一頭**忠心好狗**，主動幫主人證明清白。」

只見那個大洞除了泥土之外，什麼也沒有發現，阮耀便叫道：「好了，不用再掘了。來，把阿羊帶走！」

幾名僕人立刻應聲走過來，合力把阿羊拉開，阿羊發出了一陣**狂吠聲**，像是意猶未盡一樣，直到阮耀又大聲**叱喝**了幾下，牠才冷靜下來，跑了開去。

我們又向那個洞看了一看，洞中實在什麼也沒有，在整齊的草地上，出現了這樣一個**洞**，看來十分礙眼，阮耀又吩咐那些僕人：「將這個洞掩起來！」

時候不早了，我和樂生博士想回家休息，但阮耀卻興致勃發，拉着我們進屋子裏，繼續討論那幅地圖的事。

他説：「究竟大探險家羅洛，為什麼要將我的花園繪成地圖？」

樂生博士苦笑道：「要不是我們已將他的一切全都**燒**掉，或者還可以在他的**工作筆記**中，找出一些頭緒來。可惜現在什麼都沒有了，誰能回答這個問題？」

我嘆了一聲：「要是我們真的把全部東西都**燒掉**，倒也沒什麼事情了，偏偏當時又留下了那幅地圖！」

樂生博士立時盯着我，因為當時是我**狡辯**把地圖留下的。我卻望向阮耀，把一半責任推給他，責怪他當時為什麼不直接把地圖燒掉，偏偏去注意地圖上的金色，還問我們那**金色**代表什麼。

阮耀避開我的眼神，轉移話題：「羅洛到我這裏來的次數並不多，而且，他從來也沒有向我説過，我的花園有什麼值得**特別注意**的地方。」

「他從來也沒有向你提及過你的花園？你好好想一想。」我說。

「沒有！」阮耀果斷地搖頭，可是想了一想，突然又說：「等一等，我想起來了！有一次，羅洛在我這裏，還有一些不相干的人，那天我在舉行一個 酒會，羅洛忽然問我，這一片土地，是我哪一代祖宗買下來的。」

「你怎麼回答他？」

「我説我也不知道，如果要查的話，在這一大群建築之中，有一處我幾乎不會去的地方，那是 **川家庭圖書館**，有關我們家族的一切資料，全保存在那個圖書館中。」

樂生博士急急問道：「當時羅洛有什麼反應？」

阮耀苦笑着，「記不起了，我根本沒有將這件事放在心上。」

我又問：「你提到的那個家庭圖書館，現在還在？」

「當然在，不過已經有很多年沒有人進過去了，對那裏最有興趣的是我 **祖父**，記得小時候，我要找他，十次有八次，他都在那裏。後來他死了，我父親就不常去，父親死了之後，我簡直沒有去過。」

我感到事情忽然有了線索可查，禁不住追問：「阮耀，你祖父和你父親，都是在 **壯年時** 死去的，是不是？」

　　阮耀皺着眉，「是。祖父死的時候，只有五十歲，我

父親是五十二歲死的。」

　　「那麼，你的曾祖呢？你可知道他是幹什麼的？」

　　阮耀瞪着我，「怎麼一回事？忽然查起我的 家譜

來了？」

　　我説：「請你原諒，我感到這可能和整件神秘莫測的

事有關。阮耀，你們阮家如此龐大的 $財產$，究竟是哪

裏來的？」

　　阮耀眨着眼，「我不知道，我是繼承我父親的遺產。」

　　我又追問道：「你的父親也是繼承遺產，你們阮家，

在你祖父那一代已經富甲一方了，你祖父是幹什麼的？」

　　「在我的 記憶 中，我也未曾見過祖父做什麼事。」

　　我站了起來，「那麼，你們阮家應該是從你曾祖那一

代開始發迹的了，但你為什麼對自己家族的 發迹史 知道

得那麼少？」

阮耀惱怒起來，「你是不是在暗示，我祖上的發迹，是用不名譽的手段獲得的！」

我笑道：「別緊張，就算我真有這樣的意思，也與你無干，**美國** 🇺🇸 的摩根家族，誰都知道他們是 *海盜* 的後裔，又有什麼關係？」

「胡說！」阮耀怒道。

樂生博士看到我們又要吵起來，連忙說：「別吵了，如果阮耀不反對的話，我們可以進去那個家庭圖書館查看一下資料，或許能查出羅洛為什麼對阮家這片土地有這樣大的興趣。」

阮耀爽快答應：「**當然可以*！***」

我們正準備動身，這時一個僕人急促地跑來，喘着氣說：「阿羊……*阿羊死了！*」

我們三人都驚呆住了，在不到半小時之前，阿羊還可以稱得上**生龍活虎**，但在半小時之後，牠就死了，這怎麼可能！

我望着樂生博士和阮耀兩人，他們兩人的**臉色**都變得出奇地白，連一句話也講不出來，我自然知道他們在想什麼。

他們在想的，和我想的一樣，唐月海死了，因為他曾掀起一塊石板；那隻狗死了，因為牠掘了一個洞。

而那兩處地方，都是在羅洛的地圖上有着**危險記號**的，唐月海臨死之前曾警告過我們，那些危險記號是真的，**千萬**不可再去冒險。

如果在地上掘洞的是阮耀，情形又會怎樣？

我想到這一點的時候，轉頭向阮耀望去，阮耀面上的肌肉，在不由自主地**顫動着**，可見他感到了極大的恐懼。

那僕人仍睜大眼睛在喘氣，我問：「阿羊是怎麼死的？」

那僕人說：「牠先是 **狂吠**，吠聲古怪得很，吠叫了不到兩分鐘，就死了。」

我來到阮耀的面前，「阮耀，我們去看看。」

阮耀的聲音在發抖：「我⋯⋯不看了⋯⋯」

我明白他的心情，愛犬逝世，他不但傷心，而且還很 **自責**，因為阿羊像是替他而死，本來堅持要掘洞的人是他。

我讓樂生博士陪着阮耀，先好好平復一下情緒。我一個人跟着那僕人去看看阿羊的情況。

僕人帶我來到了 **後院**，見到幾個僕人在圍着狗的屍體，我立刻上前細看。

　　狗毫無疑問是死了，身子蜷曲着，我撥開了牠臉上的**長毛**，想看看牠臨死之際，是不是和唐月海一樣，有着極度恐懼的神色。

　　但這是白費功夫了，因為我無法看明白狗的神情。我站起身來，所有的僕人都望住我，我問：「沒有**傷痕**？」

　　一個僕人說：「沒有，牠一直都很健康的，為什麼忽然就死了？」

　　我沒有回答那僕人的問題，只說：「那**養魚池**的花園，你們別去亂掘亂掀，千萬要小心，別忘了我的話。」

　　一個年紀較老的僕人，用充滿了恐懼的聲音問：「衛先生，是不是那裏有**鬼**？」

第九章

桌上的兩個手印

「別胡說，那裏不是鬧鬼，只不過有一點我們還弄不明白的事情，最好你們不要亂來。」我說完之後，又匆匆回去 小客廳 。

我看到樂生博士和阮耀依然呆坐着，兩人的手都有點發抖。

阮耀一見我回來，**失聲地問**：「怎麼樣？」

我說：「完全沒有傷痕就死了，我並沒有吩咐僕人埋葬，我想請一個 🩺**獸醫**來解剖一下，研究一下牠的死因。」

樂生博士嘆道：「沒有用的，整件事情的真正原因，或許只有那裏才可以找到。」

我明白他的意思，於是對阮耀說：「阮耀，可以帶我們到你的 **川家庭圖書館**去看看嗎？」

阮耀仰着頭，想了一想，說：「好，反正我的家族也沒有什麼不可告人的 **秘密**。來，我帶你們去！」

我在前面已經說過，阮耀家佔地甚廣，從一幢建築物前往另一幢建築物，往往也要乘坐一種 *電動⚡小車*來節省時間。

我們乘坐着這種電動小車，經過了幾幢建築物，穿過

大片草地，又在兩幢建築物之間的一條門巷中穿了過去，停在一幢房子前面。

在**月色中** 看來，那幢房子真是舊得可以，那是一幢**紅磚** 砌成，有着尖形屋頂的平房，幾乎沒有窗子，給人一種極陰森的感覺。

而且，這幢屋子的附近，平時也顯然很少人到來，以致**雜草** **叢生**，和阮耀家別的地方打理得井井有條的情形完全不同。

我們下了車，一直來到那幢房子的門前，阮耀說：「這屋子，據說是我曾祖造的，在我祖父的晚年，才裝上了**電燈** 。我還記得，在裝電燈的時候，我祖父每天親自來督工，緊張得很。其實，裏面除了書之外，並沒有什麼，我也極少上來這裏。」

我已經來到門口，看到了堅固的門，門上扣着一柄極大的鎖🔒。

我望着那柄鎖，有點洩氣，「我看你不見得會帶鑰匙🔑，又要多走一趟了！」

但阮耀走了上去，捧起那個鎖，我這才看清，那是一柄密碼鎖，阮耀轉動着鎖上的號碼輪，不到一分鐘，「**拍**」地一聲，鎖便彈了開來。

樂生博士感到很意外，「阮耀，你居然記得開鎖的密碼！」

阮耀笑道：「不會忘記的，我出生的**年**、

月、**日**，加在一起，就是開鎖的密碼。我父親在的時候，開鎖密碼是他的生日；祖父在的時候，則是祖父的生日。」

他推開了那道厚厚的**橡木門**，先走了進去，我和樂生博士跟在後面。門內是一個進廳，阮耀已開了燈，大概是由於密不通風的緣故，屋內的塵埃不是很厚，只是薄薄的一層。

經過了那個進廳，又移開了一扇鑲着花玻璃，古色古香的大門，來到一個 客廳 。

在這個客廳中，陳設全是很古老的，牆上掛着不少字畫，其中不乏精品，但對於阮耀這位大收藏家來說，也不算什麼一回事。

但奇怪的是，我看不到書，於是問阮耀：「**書在哪裏？**」

他説：「整個圖書館，全在下面，這裏只不過是休息室。」

　　他向前走，我們跟在後面，出了客廳，就看到一道樓梯**盤旋**_而下_。阮耀一路向前走，一路開燈，當我們來到樓梯口的時候，他已亮着了燈。

　　我們站在樓梯向下望去，下面是一個很具規模的圖書館，四面全是書櫥，櫥中放滿了**書**，有一張很大的書桌放在正中，書桌前和書桌旁，都有舒服的椅子。

　　阮耀一着亮了燈，就向下走去，可是，他才走了兩步，就突然停了下來，失聲叫道：「**你們看！**」

　　阮耀指着那張巨大的書桌，在燈光下，我們都看到，書桌上積着一層塵，可是，卻有兩個**手印**，那兩個手印之上，也積着塵，只不過比起桌面上的塵薄一些，所以一眼就能看得出來。

　　「有人來過！」阮耀很**驚訝**。

的確，看到了這樣的情形，再沒有頭腦的人都知道，那是在屋子關閉了若干時日之後，有人進來過，雙手曾按在桌子上，所以才會有這樣的 **手印** 留下來。而從手印上又有薄薄的積塵來看，這個人來過到現在，又有**一段時日**了。

我說：「別緊張，這個人早已走了，我們先下去看看再說。」

阮耀的神情顯得很激動，**蹬蹬蹬**地走下去，到了桌子前，又驚叫道：「**是羅洛！** 羅洛到過這裏，桌上的手印是他的！」

我和樂生博士也到了桌前，望着桌上的兩個手印。

本來，要憑塵埃上的手印來斷定那是什麼人，是一件**很困難**的事。

但是，阮耀一說那是羅洛留下來的，我和樂生博士都完全同意他的說法，一起失聲道：「是，羅洛曾到過這裏！」

羅洛是一個探險家，一次在澳洲內陸的沙漠中旅行時，左手的**無名指**曾被一條毒蜥蜴咬過一口，幸而立時遇到了當地的土人，用巫藥替他醫治，他才得以逃出鬼門關。但自此以後，他的左手無名指就變得**彎曲**，不能伸直，這一點，我們身為羅洛的老朋友都知道。

而現在，桌面上的兩個手印，右手與常人無異，左手的無名指卻出奇地**短**，而且，指尖和第一節之間是斷了的，那就是說，按在桌上的那人，左手的無名指是彎曲不能伸直的，沒有完全**緊貼在桌面上**。

我們三人互望了一眼，阮耀很憤怒，漲紅了臉，「羅洛這傢伙，真是太不夠朋友了，怎麼可以**偷偷**走進我這裏來？」

我走近桌子，仔細地觀察着，「阮耀，羅洛已經死了，責怪他也沒有用，我們還是來研究一下，他究竟在這裏幹了些什麼事吧。」

我一面説，一面也將 **雙手** ，按在那兩個手印之上。

我的身高和羅洛差不多，當我將雙手按上去的時候，我發現我只能站着，而且，這樣站立着，將雙手按在桌面上的姿勢，只可能做一件事，那就是低着頭，極其**聚精會神**地看着桌面上的什麼東西。

而就在這時，我又發現，在兩個手印之間，桌面的積塵上，另有一個淡淡的、**方形的**痕迹。

羅洛當時雙手按在桌上，究竟在幹什麼，實在是再明白也沒有了，那個方形痕迹的位置，顯然是曾放着一張或一疊紙，他在察看那張**紙上的** 內容 。

由於紙張比較輕，所以留下的痕迹也較淺，又已經過了若干時日，自然不如手印那麼明顯，要仔細觀察，才能看得出來。

我站直了身子，說：「你們看，羅洛在這裏，曾經很**聚精會神**地看過什麼文件。」

阮耀還在生氣，握着拳，揮動着：「我真想不到羅洛的為人如此**卑鄙**！」

我皺了皺眉道：「我想，羅洛那樣做，一定是有原因的。我倒想知道，他在這裏找到了什麼，令他如此**感興趣**！」

第十章

日記簿中的怪事

樂生博士一直默不作聲思索着，這時才開口：「要找出羅洛看過什麼文件，也不難，這裏到處都有積塵，羅洛開過哪些書櫥，碰過什麼書籍或 文件 ，一定會留下痕迹的。」

這也是唯一可行的辦法了，我們於是一個個書櫥仔細地去尋找，書櫥中放着的，全是很冷門的 縣志 之類的

書籍，還有許多**古書**█，其中不乏絕版好書。

以一個私人藏書庫而言，這裏已經算得上極其豐富了，可是我仍有點失望，因為所有的書都與**阮氏家族**無關，怎樣稱得上是「家庭圖書館」呢？

「沒有了？」我望着阮耀。

阮耀點頭道：「全在這裏了，但是還有一個**隱蔽的**鐵櫃，裏面也有不少書，我可以打開給你們看。」

他一面說，一面來到了壁爐旁邊，伸出雙手去碰壁爐架上陳設着的一隻銅虎頭。

他的雙手還未碰到**銅虎頭**，就又叫了起來：「你們看，羅洛他是怎麼知道我這個秘密的？」

我和樂生博士一起走上前看，發現那銅虎頭看來曾被人觸摸過，因為上面的積塵**深淺**不一。

我們都現出疑惑的神色來，阮耀尤其凝重，皺着眉

說：「這是我們家中最重大的秘密，我也是在父親**垂死之際**，才從他的口中得知！」

我連忙問：「在你知道了這個秘密之後，難道沒有打開過這個鐵櫃來看？」

「自然打開來看過，你以為我是個沒有好奇心的人？」阮耀說。

我 **急不及待** 地追問：「那麼，櫃裏有些什麼？」

阮耀嘆了一聲，「等一會你就可以看到了，幾乎全是 ✉**信**，是我上代和各種各等人的通信，還有一些日記簿，當時我看了一些，沒有興趣再看下去，從此也再沒打開過了。」

阮耀一面説，一面雙手按住了那隻銅鑄的虎頭，緩緩旋轉着。

在他轉動那銅鑄的虎頭之際，有一列書架發出「**格格**」的聲響，向前移動，使人可以走到書架的後面。我們三個人一起走到書架之後，牆上是一扇可以移動的門。

阮耀將那道門向旁移開，就現出了**一個鐵櫃** 🚪 來。

那個鐵櫃沒有什麼特別之處，約六呎高，兩呎寬，分成十層，也就是説，有十個抽屜，阮耀立時拉開一個**抽屜**來，説：「你們看，都是些陳年八股的信件。」

我順手拉了一札信件出來，一看之下，不禁嚇了一大跳。

我之所以吃驚，是因為我一眼望到的第一封信，信封上就貼着四枚海關闊邊的 大龍五分銀 郵票 。這種郵票的四連，連同實寄封，簡直是集郵者的瑰寶！

我再看了看信封，收信人的名字，是阮耀的祖父，信是從 天津 寄出來的。

阮耀說：「你可以看信件的內容，看了之後，包管你沒有興趣。」

既然得到了阮耀的許可，我就抽出了 信箋 來，那是一封標準的「八行」，寫信人告訴阮耀的祖父，他有一個朋友要南下，託阮耀的祖父予以照顧。

我放回信箋，阮耀立即指正：「你弄錯次序了，這裏的東西全 編 了 號 。信沒有看頭，看看日記怎麼樣？」

阮耀一面説，一面又拉開一個抽屜來，登時皺着眉，

「羅洛一定曾開過這個抽屜，裏面有兩本日記簿的編號 **掉亂了**，你看！」

我順着他所指看去，果然有兩本日記簿的編號掉轉了 *次序*。

這些所謂「日記簿」，和我們現代人對「**日記簿**」的概念完全不同，它們只不過是將一疊疊的宣紙，釘成厚厚的一本簿子而已。

「羅洛曾經動過其中一本！」阮耀把兩本簿子一起拿出來，一本給我，一本他自己翻着。

我翻動了一下手上這本，不禁失聲道：「**看，這裏被人撕去了幾頁！**」

阮耀一看，大罵：「羅洛這豬！我雖然沒有完全看過這些日記的內容，但是我每一本都曾翻過，可以發誓，每

一本都是 **完整無缺** 的！」

　　那本日記簿，被撕去的頁數相當多，紙邊還留着，我數了一數，「一共撕去了二十九張！」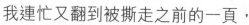

　　我連忙又翻到被撕走之前的一頁，

日期是「**辛酉秋九月初六日**」，算算已是超過一百年前的事了。

　　那一天日記中所記的，全是些瑣碎事，唯一值得注意的，是最後記着一句：「慧約彼等明日來談，真怪事，誠不可解釋者也。」

　　我們三個人都看到了這一行字，從這句話來看，下一天的日記中，一定記載了那個叫「慧」的人，和「彼等」其他幾個人，來談一件不可解釋的怪事。可惜，後面的日記都被撕掉了，直接就跳到「**辛酉年十月初四日**」。

我們都很着急，阮耀説：「再翻翻前面看，或許還有記着這件事的！」

「我們別擠在這裏，走出去看。」我拿着那本日記簿，來到桌子前，當我將日記簿放到桌上時，我們三個人都一起**叫**了**起來**。

攤開的日記簿，放在桌上，恰好和桌面上那個積塵較淺的方印**同樣大小**！

我將日記簿再翻前一頁，那就是辛酉年的九月初五。日記中沒有記着什麼，我再翻前一天，那是同年的九月初四，日記一開始就記着：「**慧來**。」

可是，只有**兩個字**，其餘的內容均與這個「慧」無關。

我望了阮耀一眼，「你知道這個『慧』是什麼人嗎？」

阮耀苦笑道：「我怎麼會知道？這是我曾祖父的日記，我看這個人應該是他的朋友吧。」

我急忙又翻前一頁，沒有什麼值得注意的，再向前翻，翻了三天，看到日記上記着：「慧偕一人來，其人極怪，**不可思議**。」

我們三人互望了一眼，阮耀頓足道：「究竟怪成什麼樣，為什麼不詳細寫下去？」

我說：「不能怪你曾祖父，他可能有詳細記載過，只是被人**撕掉了**。我想，是羅洛把重要內容帶走了！」

樂生博士不禁苦笑，「而羅洛的一切東西，全被我們**燒掉了**！」

阮耀向前翻了一頁，那天也提及了「慧」：「慧信口雌黃，余直斥其非，不歡而散。」

　　至於那位「慧」究竟講了些什麼，在日記中找不到記載。

　　再向前翻去，什麼收穫也沒有。我又往後翻，翻到了十月初九，那一天，阮耀的曾祖父記着：「**富可敵國**，已屬異數，余現堪稱富甲天下，子孫永無憂矣。」

　　我望向阮耀，「阮耀，你曾祖父在一百多年之前已經富甲天下了，可是他的富，好像是突如其來的！」

　　「你為什麼這樣說？」阮耀很疑惑。

　　我翻過前面，指着一頁給他看，那頁寫着：「生侄來，商借紋銀**三兩**，余固小康，也不堪長借，拒之。」

　　我說：「你看到了沒有，不到一個月之前，他在日記中，還只是自稱**小康**！」

　　阮耀瞪着眼，這是再確鑿不過的證據。他呆了半晌，才說：「在不到一個月之間，就算從事什麼不法的勾當，

也不可能變得富甲天下。」

我說：「我並沒有這樣的意思，我只是說，令曾祖的發迹，是**突如其來**的。」

阮耀不再出聲，只是翻着日記簿，而那個「慧」亦再沒有出現過。

我們翻完了這一本日記簿，樂生博士立時又取過了另一本來，但所記載的，全是阮耀的曾祖父突然變成鉅富之後的事了。

阮耀的曾祖父成為鉅富之後，**建房子**、買珍寶、花大錢，幾乎凡是大筆的支出，都有着紀錄。我們草草翻完了這本日記簿，阮耀隨即搔着頭，「奇怪，大筆的支出，都有着紀錄，但是，我們家這一大幅**地**，是什麼時候，從什麼人手中買進來的，日記上卻隻字不提。」

　　樂生博士嘗試解釋：「可能是令曾祖一有了錢，立即就將 **這片土地** 買下來，日記被撕去了二十多天，可能買地的事情，就記錄在那幾天之中！」

　　我和阮耀都點點頭，在沒有進一步的線索之前，樂生博士這個猜想算是最合理的解釋了。

　　羅洛把阮家的花園畫成一幅探險地圖，刻意在其中一處塗上了 **金色**，又在附近位置畫上若干危險記號；而且他曾經偷偷進入過阮家的家庭圖書館，又從阮耀曾祖父的日記簿裏撕去了不少內容。這一切，令我隱隱覺得，阮家這片土地，似乎埋藏着一個重大的 **秘密**。（待續）

案件調查輔助檔案

輕而易舉

對普通人來說，這是很難辦得到的事情，但是對羅洛而言，卻**輕而易舉**，因為他的朋友，總共只有那麼幾個人。

意思： 形容非常輕鬆，毫不費力。

面面相覷

當我們四個人**面面相覷**，不知如何是好之際，羅洛的聲音已變得十分淒厲，像是用生命最後一分氣力呼叫：「你們在猶豫什麼？照我的話去做，答應我！」

意思： 互相對視而不知所措。形容驚懼或詫異的樣子。

眼明手快

我已經**眼明手快**，將文件櫥的門關上，而我們拾起的那些紙，全都沒有看一眼，就拋進了火堆之中。

意思： 眼光銳利，動作敏捷。

財迷心竅

我笑道：「你們都不是沒飯吃的人，怎麼那樣**財迷心竅**？」

意思： 過度貪戀錢財而蒙蔽理性。

昏天黑地

我在地理博物院的地圖收藏室中，**昏天黑地**工作了足足一個月，把所有的地圖都對照完了，可是一樣沒有結果。

意思：形容人神智迷亂。

順水推舟

我馬上點着頭，**順水推舟**：「嗯，加油！等你們的好消息！」

意思：順著水流的方向推船。比喻順應情勢行事。

大海撈針

你們打算把全世界裏，每個五萬平方呎的地方，都對照一遍嗎？那根本是**大海撈針**。

意思：在大海裏撈取遺失的針。比喻東西很難找到或事情難以完成。

當頭棒喝

我這麼説，既是安慰他們，也是對他們**當頭棒喝**，勸他們別再執迷下去。

意思：比喻使人立即醒悟的警示。

活龍活現

阮耀說得**活龍活現**，可是我們三人卻仍然不相信他。

意思：形容生動逼真。

急不及待

阮耀大聲叫好，**急不及待**就把我們三人推出門去。

意思：急得不能再等，形容十分急切。

疾言厲色

唐月海是一個典型的中國知識分子，恂恂儒雅，性格隨和，對人從來也不**疾言厲色**，可是這時，他卻發出了那樣粗暴的一喝，實在是一件十分失常的事。

意思：言語急迫，神色嚴厲。形容人發怒的樣子。

九牛二虎之力

唐月海繼續漲紅着臉，使出**九牛二虎之力**，身子向上一振，那塊石板終於被他揭了起來，翻倒在草地上。

意思：比喻極大的力量。

衛斯理系列 少年版 23

地圖 上

作　　　　　者：衛斯理（倪匡）

文 字 整 理：耿啟文

繪　　　　　畫：鄺志德

助 理 出 版 經 理：周詩韵

責 任 編 輯：陳珈悠

封 面 及 美 術 設 計：BeHi The Scene

出　　　　　版：明窗出版社

發　　　　　行：明報出版社有限公司

　　　　　　　　香港柴灣嘉業街 18 號

　　　　　　　　明報工業中心 A 座 15 樓

電　　　　　話：2595 3215

傳　　　　　真：2898 2646

網　　　　　址：http://books.mingpao.com/

電 子 郵 箱：mpp@mingpao.com

版　　　　　次：二〇二二年四月初版

I S B N：978-988-8688-36-4

承　　　　　印：美雅印刷製本有限公司